Texte de Lili Chartrand
Illustrations de Jessica Lindsay

D1586008

Les jujubes-robots

la courte échelle

Les éditions de la courte échelle inc.
5243, boul. Saint-Laurent
Montréal (Québec) H2T 1S4
www.courteechelle.com

Directrice de collection : Anne-Sophie Tilly

Consultantes en pédagogie : Marélyne Poulin et Marie-Pascale Lévesque

Révision : Sophie Sainte-Marie

Conception graphique : Kuizin Studio

Infographie : Sara Dagenais

Dépôt légal, 2ᵉ trimestre 2009
Bibliothèque nationale du Québec

La courte échelle reconnaît l'aide financière du gouvernement du Canada par l'entremise du Programme d'aide au développement de l'industrie de l'édition pour ses activités d'édition. La courte échelle est aussi inscrite au programme de subvention globale du Conseil des Arts du Canada et reçoit l'appui du gouvernement du Québec par l'intermédiaire de la SODEC.

La courte échelle bénéficie également du Programme de crédit d'impôt pour l'édition de livres — Gestion SODEC — du gouvernement du Québec.

Catalogage avant publication de Bibliothèque et Archives nationales du Québec et Bibliothèque et Archives Canada

Chartrand, Lili

      Les jujubes-robots

      (Premières lectures ; 12)
      Pour enfants de 6 ans et plus.

      ISBN 978-2-89651-184-6

      I. Lindsay, Jessica. II. Titre.

PS8555.H4305J84 2009   jC843'.6   C2008-942196-5
PS9555.H4305J84 2009

Imprimé en Chine

Aux petits lapins en sucre.

À la découverte des personnages

Balthazar

Balthazar est un garçon de huit ans
très gourmand. C'est aussi un
enfant très gâté. Balthazar vivra
à Gouluville des aventures
incroyables... À s'en lécher les
babines !

Loukoum

Loukoum est un lutin. Il est mal élevé et aime jouer des tours. En plus, Loukoum est capable de disparaître à volonté. À Gouluville, il réserve bien des surprises à Balthazar!

À la découverte de l'histoire

Chapitre 1
Retour à Gouluville

Balthazar se rend à son magasin de bonbons préféré, Bouldegom. Il achète un paquet de gomme à mâcher, de la réglisse et dix boules noires.

Puis, d'un air gourmand, il demande à la vendeuse :

— Je voudrais aussi les nouveaux jujubes dans la vitrine !

Balthazar revient chez lui. Comme il
fait très chaud, il s'assoit à l'ombre d'un
érable. Il ouvre son sac de friandises.

Oh! la gentille vendeuse y a ajouté
un sachet de croustilles! Cependant,
Balthazar a plutôt envie de se sucrer le
bec.

Le garçon mâche une gomme, dévore la réglisse et avale les boules noires.

Ensuite, il croque un jujube argenté.

— On dirait que ça goûte les étoiles...
murmure Balthazar en fermant les
yeux.

Soudain, il laisse échapper un très gros
rot.

Balthazar ouvre les yeux. Le lutin
Loukoum lui sourit d'un air espiègle et
explique :

— Mon rotomètre a bipé. Ton rot a été
si puissant qu'il t'a amené à Gouluville !

— Au royaume des enfants gourmands !
s'exclame Balthazar. Eh ! l'endroit a
changé !

Un désert avec des dunes s'étend
devant le garçon.

Loukoum déclare :

— Gouluville s'inspire de la dernière gourmandise que tu as mangée, t'en souviens-tu ?

Balthazar fait oui de la tête, puis il renifle. Une odeur sucrée se dégage de la dune la plus élevée.

Le garçon s'approche, attiré par l'odeur.
Tout à coup, des jujubes argentés en
forme de robot apparaissent
au sommet de la dune !

Les jujubes-robots se lancent à la poursuite de Balthazar ! Le garçon cherche Loukoum. Le lutin se tient éloigné, perché sur une dune. Balthazar crie :

— Aide-moi !

— Débrouille-toi ! Pas question que je m'approche de ces jujubes-robots !

D'un claquement de doigts, Loukoum disparaît.

Chapitre 2
Les serpents-réglisses

Balthazar sème les jujubes-robots. Tout essoufflé, il se cache derrière une dune. Il remarque alors un arbre étrange. De longues réglisses noires pendent à ses branches.

Une fillette est attachée au tronc. Elle tient un ourson dans ses bras.

— Pourquoi es-tu attachée? demande Balthazar.

La fillette pleure :

— Parce que je suis une intruse ! Je me suis perdue. J'habite la partie salée de Gouluville.

Balthazar réplique :

— Et alors ?

— Ici, dans la partie sucrée, on déteste tout ce qui est salé ! explique la fillette. Les jujubes-robots vont me transformer en jujube argenté ! Oh ! non ! Ils arrivent !

Balthazar défait les liens de la fillette et lui demande son nom.

— Je m'appelle Croustille. Et toi ?

— Balthazar. Vite, les jujubes-robots approchent !

Le garçon prend la main de Croustille et l'entraîne avec lui.

Soudain, les deux enfants entendent un long sifflement : « Skuuuuuuiiiit ! »

Balthazar se retourne. Il ouvre des yeux grands comme des pizzas.
Des serpents-réglisses tombent de l'arbre ! Ils ondulent vers les fugitifs. Le plus long est si rapide qu'il rattrape Balthazar. Il s'enroule autour du garçon.

Balthazar ne peut plus bouger ! Il crie à
Croustille :

— Mets-toi à l'abri !

Balthazar croque alors le serpent-réglisse. Du jus noir lui éclabousse le visage.

Balthazar grimace : ça goûte les
épinards ! Il se libère vite du serpent-
réglisse devenu tout mou. Les autres ne
sont plus qu'à un mètre !

Sur le sol, Balthazar remarque d'énormes languettes de gomme à mâcher. Il en prend une et la met dans sa bouche. Jamais il n'a mâché aussi vite !

Puis le garçon lance sa grosse gomme
molle vers les serpents-réglisses.
Splotch ! Ils y restent tous collés !
Balthazar saute de joie.

Perchée sur une branche d'arbre,
Croustille applaudit. Loukoum apparaît
alors à ses côtés.
Il ronchonne :

— Vous vous réjouissez trop vite. Ces jujubes-robots sont des pots de colle !

En effet, des jujubes-robots se tiennent en ligne, immobiles, à quelques mètres.

Chapitre 3

C'est un abat !

Balthazar regarde aux alentours.
Une allée, bordée de dix boules noires
géantes, lui donne une idée.

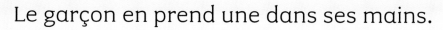

Le garçon en prend une dans ses mains.

— Cette boule est si lourde qu'elle a creusé un trou dans le sol ! note-t-il.

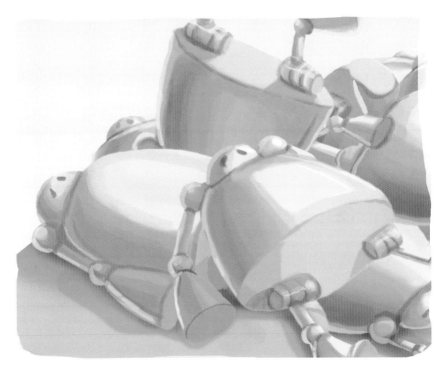

Balthazar la lance alors de toutes ses forces sur les jujubes-robots.

— C'est un abat ! s'écrie Croustille, ravie.

Assommés, les jujubes-robots sont étendus, pêle-mêle.

Croustille et Loukoum descendent de l'arbre pour féliciter Balthazar.

Le lutin s'exclame :

— Je suis soulagé de ne plus avoir ces jujubes-robots dans les pattes ! Leurs friandises préférées sont les lutins trempés dans le miel !

Balthazar et Croustille éclatent de rire.
Le garçon remarque les larmes de joie
de la fillette. Elles se transforment en
grains de sel sur ses joues.

Croustille saute au cou de Balthazar :

— Merci, tu m'as sauvé la vie !

Le garçon perd l'équilibre et tombe
dans le trou !

Balthazar se retrouve dans sa cour, au pied de l'érable. De la gomme à mâcher et des croustilles sont éparpillées autour de lui.

— Me voilà de retour! constate le garçon. Oh! mon chandail est couvert de grains de sel! Ce sont les larmes de Croustille. J'espère que je la reverrai un jour...

Glossaire

Fugitif, fugitive : Personne qui s'est échappée d'un endroit.

Intrus, intruse : Personne qui se retrouve quelque part sans y être invitée.

Onduler : Avancer en faisant des mouvements de vagues.

Pêle-mêle : N'importe comment, en désordre.

Ronchonner : Grogner, être de mauvaise humeur.

Se réjouir trop vite : Être content trop vite.

À la découverte des jeux

Ce goût me rappelle...

Balthazar compare le goût des jujubes argentés à des étoiles.
Toi, quel est ton aliment préféré? Décris son odeur de manière originale.

Pourquoi est-ce salé ou sucré ?

Fais une recherche sur la langue pour savoir pourquoi certains aliments ont un goût salé ou sucré.

Découvre d'autres activités au www.courteechelle.com

Table des matières